LA GROTTE

DE

LA BALME

Par Mme LESSELIER DE SAINTE-CROIX

Prix : 50 centimes

LYON

IMPRIMERIE DE C. ONNAVIAT

RUE SAINTE-CATHER 13

—

1864

LA

GROTTE DE LA BALME

LA GROTTE

DE

LA BALME

Par Mme LESSELIER DE SAINTE-CROIX

Propriété de l'Auteur

LYON

IMPRIMERIE DE C. BONNAVIAT

RUE SAINTE-CATHERINE, 13

1864

À M. le Baron de La Rouillère.

LA GROTTE DE LA BALME

Sous un roc élevé, situé dans l'Isère,
Le regard est séduit par l'aspect enchanteur
D'un portail naturel d'une énorme grandeur,
Tout recouvert de mousse et de feuilles de lierre.

A droite est un ruisseau qui coule sous ce roc
En tourbillons neigeux, sur des cailloux d'albâtre,
Dans un lit de granit de couleur olivâtre,
D'où ses filets d'argent font entendre leur choc.

Rien de bien curieux vers ce vieil escalier,
Si ce n'est le perron dont le plan nous indique
A quel temps appartient cette chapelle antique,
Vestiaire improvisé du roi François premier.

Car l'on y va plutôt pour se changer d'habit
Que pour prier de cœur la modeste Madone (1)
Que vous montre à regret l'aimable cicérone,
Lequel, sa torche en main, vous guide et vous instruit.

Rien n'est plus amusant que ces gens déguisés
Ainsi subitement. Rien n'est plus pittoresque,
Tant leur accoutrement est d'un effet burlesque :
L'on dirait (vus de loin) des pauvres rapiécés.

(1) Ces vers ont été écrits avant les réparations faites aux escaliers et
à la chapelle de la Vierge, alors dans un état déplorable.

Tout d'abord l'on ne peut que marcher lentement
Dans ces sentiers bordés d'une couche de glaise ;
Le pied le plus léger ne s'y sent pas à l'aise,
Et l'on risque à coup sûr de tomber bien souvent.

Pourtant, dans les dangers si fréquents que l'on court
Dans les plis tortueux de cette grotte obscure,
Une main protectrice aussitôt vous rassure ;
A votre appel du moins l'étranger n'est pas sourd.

Ce péril qu'avec vous il partage à moitié,
Souvent aussi devient de simple politesse,
Un tribut d'affection, un gage de tendresse,
Resserré par les liens d'une tendre amitié.

Aux lueurs de sa torche aux reflets bien douteux
Vous parcourez ainsi la grotte de la Balme,
Le cœur d'abord ému devient enfin plus calme,
Et l'effroi disparaît de ce lieu ténébreux.

Vous posez votre pied comme un petit démon
Sur ces rochers enduits d'une terre liquide,
Pour montrer cette fois sans doute à votre guide
Que vous savez braver les écueils du limon.

Et petit-à-petit l'on reprend sa gaité,
Après maint saut scabreux rempli de hardiesse,
Mais la lampe s'éteint et cette maladresse
Vous fait ouvrir les yeux sur votre vanité.

Je ne vous parle point de ces oiseaux de nuit
Qui remplissent de cris cette voûte sonore
Où ne filtre jamais un rayon de l'aurore
Sans qu'il soit aussitôt par leurs ailes détruit.

Qui sait si rien d'affreux ne s'est passé naguère
Au fond de ce séjour..... et si des léopards,
Des lions n'ont pas broyé des enfants, des vieillards,
Ici, loin des regards, sous leur dent meurtrière !

Qui sait si dans le temps des révolutions
Il ne s'est pas passé quelque chose d'infâme,
Quelque meurtre sanglant, ou quelqu'horrible drame
Aux détours aigus de ces excavations ?

Malgré les chants joyeux de toutes ces Syrènes
Ce lieu n'est pas celui de la salubrité,
Et malgré tout l'attrait de son antiquité
Vous sentez un frisson vous courir dans les veines.

La seule humidité n'est pourtant pas la cause
Du frisson glacial qui d'abord vous saisit,
Car la peur à son tour comme un spectre grandit
Ce séjour fabuleux tant il vous en impose.

A quels peuples jadis a-t-il donné refuge ? (1)
Je ne sais..... seulement à ses murs décrépits
L'on devine, sans voir les anciens manuscrits,
Qu'il existait déjà bien avant le déluge.

Au sortir du chaos il s'entrouvrit, sans doute,
Dans le violant effort de cette convulsion,
Pareil à l'Etna toujours en combustion,
Il laissa ces rochers et ces blocs en dérout..

De péril en péril, c'est ainsi que l'on va
Tantôt dans la clarté, puis tantôt dans les ombres,
A travers ces rochers, ces blocs et ces décombres
Amoncelés par l'ordre exprès de Jéhova.

(1) On croit généralement que Mandrin y vivait retiré et y fabriquait
de la fausse monnaie.

Pourtant je me souviens d'un voyage charmant
Que j'y fis autrefois en bonne compagnie :
Un aimable seigneur à figure bouffie
Auquel l'enfant lutin fit perdre son séant.

Tout-à-coup il glissa, mon marquis de la Tour,
Et tout en lui rendant sa torche et ses lunettes
Avec force saluts, avec force courbettes,
A ce moment vraiment j'invoquai le grand jour.

Eh ! vous allez tomber, mon beau petit Lutin,
Répétait mon Mentor de sa voix enrouée,
Quand soudain il s'assit dans la vaste trouée,
Au milieu du limon, comme sur un coussin.

C'était, comme l'on dit, bien jouer de malheur,
Et donner gain de cause à la jeune étourdie ;
Lors, franchement, Dieu sait quelle fut l'ironie
Qui parut sur sa lèvre et dans sa folle humeur.

Il n'avait aucun mal : ainsi, cette assurance
La sauvait du remords, excusait sa gaité,
Car c'est là le grand point, le sûr et vrai côté
Par lequel on absout toujours sa conscience.

Je crois revoir l'air singulier qu'il avait,
Avec sa barbe rouge et sa face fleurie,
Lorsque je lui remis avec espiéglerie (1)
Justement les objets précieux qu'il cherchait.

Mais pour rire à propos de ces faits amusants,
Cela n'empêche point d'avoir un cœur sensible,
Le respect au censeur ne paraît pas possible
Dès qu'il vient tout exprès divertir les passants.

(1) L'auteur avait alors treize ans

Et trêve de gaîté : je poursuis mon chemin
Par un sentier glissant bordé d'un précipice :
Or, ce n'est plus le cas de songer à malice,
Si l'on n'est désireux de tomber dans un bain.

Qui le croirait pourtant, à les voir en effet,
Que c'est là le travail de la simple Nature,
Ces bassins élégants, chefs-d'œuvre de structure,
Où l'art du ciseleur semble pris sur le fait.

Oui, l'onde est si tranquille et si pure parfois,
Dans l'ovale parfait de ces riches baignoires,
Qu'on pourrait s'y noyer sans compter des histoires,
Tant cette eau se confond aux abords des parois.

Mais n'allez pas, au moins, penser que j'ai rêvé.
Non, ma foi, non, vraiment, car c'est chose certaine,
J'allais glisser mon corps dans l'onde souterraine
Si rien à ce moment ne l'avait entravé.

Assis en tapinois, voilà le Chat qui dort !
Oh ! comme il est vivant ! L'on dirait qu'il s'éveille.
Si c'est un Angora du moins je vous conseille
De ne pas l'agacer, car vous auriez bien tort.

Là-bas il faut glisser comme fait un serpent
Sur le roc, et ramper quelque temps à plat ventre,
C'est assez malaisé de sortir de cet antre,
Pour peu que vous ayez *bâti sur le devant.*

Plus loin est un endroit encor fort dangereux,
Où nul homme de poids vainement ne se glisse ;
C'est un étroit réduit, une affreuse coulisse,
Où l'on pourrait rester si l'on est paresseux.

Maintenant nous voilà promptement arrivés
Vers la salle au plafond chargé de stalactites,
Boutons cristallisés des blanches marguerites
Que la main du Seigneur et le temps ont gravés.

Et voilà le fameux Palais des Diamants
Où l'azur du cristal de l'onde se marie
A l'écume d'argent de la Tapisserie,
A côté des saphirs les plus étincelants.

Dans quel lit de brillants la main du Créateur
L'eût-elle par ses soins tendrement enchâssée,
La blanche goutte d'eau, la perle de rosée,
Si ce n'est pour montrer sa force et sa grandeur ?

Là des gouffres béants, des ondes qui mugissent
Ainsi que des taureaux impatients, indomptés,
Frémissant en voyant toujours répercutés
Leurs beuglements plaintifs que les échos trahissent.

Ce sont des Lézards de forme capricieuse,
Des Ecureuils jaspés, des Dentelles de prix,
Des bijoux incrustés dans l'agathe et l'onix,
Tout ce que peut rêver l'humeur ambitieuse.

De loin en loin on voit en petit caractère
Un nom, un écusson par le temps effacé,
Et par un inconnu sottement remplacé,
Car, hélas ! ici-bas tout retourne en poussière.

Peu d'hommes ont le goût des grands noms historiques,
C'est pourtant bien à tort que des niais envieux,
Sans respect pour les arts, ce vrai culte des dieux,
Nous ravissent l'attrait de ces temps héroïques.

Quel est celui qui n'aime à saisir au passage
Le nom retentissant du chevalier sans peur,
Ici gravé du bout de son sabre vainqueur,
Ne vous parle-t-il pas un bien noble langage?

Vive à jamais le temps de la chevalerie!
Où l'on pouvait s'unir à l'homme de son choix,
Où l'on était heureux de vivre sous ses lois,
Où l'exilé trouvait partout une patrie!

Dans ces temps glorieux la femme souveraine
Régnait au fond des cœurs aussi bien que les rois,
Et par eux elle était, au milieu des tournois,
A l'unanimité saluée comme reine.

Oui, fidèle à son dieu, à son roi, à sa dame,
Voilà bien la devise exprimant à jamais
Quel était autrefois l'esprit des cœurs français,
Car du moins les Français jadis avaient une âme.

N'allez pas nous taxer de femmes romanesques,
Par la seule raison que nous les regrettons
Ces nobles chevaliers, ces dignes rejetons
Issus du sang des preux les plus chevaleresques.

Bref, quelque soit le rang, respectez la mémoire
De l'homme confiant en la postérité,
C'est un devoir sacré de l'hospitalité,
Sans lequel on pourrait bien se passer d'histoire.

Or, tous les visiteurs amis du grandiose
Ne vont pas inspecter ce lieu phénoménal
Sans faire une ascension vers le point principal
De la voûte où jamais la pudeur ne s'expose.

Car il faudrait avoir et l'échelle de soie
Et l'ardeur et l'amour du gentil Roméo
Pour franchir ces degrés leste comme un chevreau,
A travers les périls de cette étrange voie.

Une autre grotte immense et vraiment magnifique
Surprend encor, dit-on, les curieux visiteurs,
Au-dessus des parois des rochers supérieurs,
Par son cachet à part tout-à-fait artistique.

Toutefois, revenons à mon premier sujet,
S'il peut avoir le don de ne point vous déplaire,
Pour bien examiner cette roche calcaire
Qui brille à chaque pas ainsi qu'un feu follet.

Les regards fascinés sont encore éblouis
Par un salon splendide et de forme octogone;
Un Lion dort couché dans la Salle du Trône,
Sous un Dais de cristal scintillant de Rubis.

Que vous dirai-je à vous qui l'avez admiré,
Cet antre tout rempli de beautés sans pareilles,
Puisque c'est le trésor, l'une des sept merveilles
Dont l'orgueil d'un grand roi justement s'est paré (1).

Dans un coin reculé de ce sombre séjour,
Un pieux Capucin, formé d'un bloc de pierre,
Semble adresser au ciel une ardente prière,
En attendant que Dieu le rappelle à son tour.

Je crois voir le portrait de saint François d'Assise
Placé dans le Palais des Beaux-Arts de Lyon.
Quoique mort et fusé sous son noir capuchon
Il donne un avant-goût de la terre promise.

(1) François Ier a parcouru la Grotte tout entière, jusqu'aux confins
du Lac, malgré les écueils qui l'entourent.

Nous arrivons enfin, après mille détours,
Vers un lac ténébreux et rempli de mystères,
Surmonté seulement d'une barque légère,
Seul abri des curieux et des folles amours.

Regardez-la partir, cette frêle nacelle,
On dirait qu'elle glisse au-dessus d'un miroir
Poli comme l'acier, et comme un cygne noir
Elle ne laisse aussi nulle trace autour d'elle.

Au moment où l'accord de la belle musique
Des nymphes d'alentour réveille les échos,
Aux éclairs de la torche, au murmure des flots,
Leur chant accompagné d'un luth est féerique.

Les accents moëlleux des tendres mélodies
Emeuvent doucement jusqu'au fond des ravins
Les sylphes blancs - voilés de ces antres divins,
Rendus encor plus beaux par l'accord des génies.

Oh ! je voudrais avoir et la lyre d'Orphée
Et les pinceaux d'Apelle aux brillantes couleurs,
Pour peindre et pour chanter l'éclat et les splendeurs
De ce lac enchanté par la main d'une fée.

Oui, vraiment je voudrais posséder sa baguette
Pour vous montrer l'effet de ce noir souterrain,
Pareil à l'intérieur des forges de Vulcain,
Sans oublier l'Amour avec sa silhouette.

Adieu, Ravins ! adieu, Cavernes ténébreuses !
Dieu seul a le secret de votre profondeur,
L'artiste a vainement esquissé la blancheur
De vos plafonds semés d'étoiles lumineuses.

Les générations fouilleront vos entrailles,
Pour voir s'il est au cœur de vos flancs déchirés
Des faits, des souvenirs, des hommes ignorés,
Prêts à sortir du sein de vos vieilles murailles.

Adieu, blocs de granit, adieu, sombre rivage,
Adieu, chants des amours si souvent répétés
Par les célestes voix de nos jeunes beautés
Et par tous les Echos de ton antre sauvage.